村庄纪

吴定飞 著

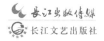

长江文艺出版社

吴定飞

曾用笔名无非，1974年11月生于重庆垫江。经济哲学研究生。重庆新诗学会副会长，重庆垫江作家协会副主席。

曾被评为诗中国首届十佳网络诗人，获得第二届"诗歌里的城"全国微诗歌大赛一等奖。

先后在《诗刊》《星星》《草堂》《红岩》《诗潮》等刊物发表诗歌数百首。

现居重庆垫江。

目录

001　　**第一辑 马说 /**

003　　我是你的马

005　　你说，我只是马

007　　梦见马的血

009　　我怕见马刀

011　　一匹马从我身边疾驰而过

013　　马在一地野花前停下

015　　曾经很瘦很瘦的马

017　　马说

018　　蝴蝶戏马

020　　纸上飞奔的马

022　　脱缰的马

023　　一匹马在江湖

024　　一匹马的想象

025　　马的某次死亡

027　　周末以及与马有关

029　　当我与别人的马狭路相逢

030　马回头

031　一匹马跑进黑夜的深处

033　**第二辑 蚂蚁歌 /**

035　我喊蚂蚁

036　蚂蚁的进攻

038　数蚂蚁

040　小小的蚁穴

041　蚂蚁搬食

042　送葬的蚂蚁

043　蚂蚁的欲望

045　蚂蚁的诉说

047　蚂蚁上树

049　我知道蚂蚁是谁

050　蚂蚁的位置

051　蚂蚁的棱角

052　蚂蚁的归宿

053　　**第三辑 中年书 /**

055　　久别重逢的人

057　　身体里的故乡

058　　蚊子泪

059　　两厘米

060　　疯人歌

061　　从前的模样

062　　冬天这厮

063　　观棋

064　　爬坡

065　　我想我是不是老了

066　　倒春寒

067　　我大大的肚子

069　　李花在上

071　　这直喘粗气的秋天

072　　我和一只蚊子的战斗

074　　狼

076　　平衡术

078　high 出来

080　白天一般我不会睡觉

081　嘱托

083　偿还

085　云的梦是雨

086　沉沦

087　走路

088　小心台阶

090　玩寂寞

091　惹尘埃

092　洗衣服

093　回乡

094　当个写手不容易

095　重逢

096　表态

097　东西

098　中年书

099　母亲的子宫

100　重阳忆母

101 野菊坡，夜色来临

103 姐姐是从山那边捡来的

105 公主岭

107 回忆

108 女汉子

109 婚点

110 萝莉

111 蜘蛛人

112 鬼吹灯

114 黛依亭

115 菜刀

116 化妆术

117 屏里狐

118 诗江湖

119 雨巷

121 老槐树下

122 一幅画

123 致妻子

125 我想以一粒米获得老鼠的爱情

126　带着一只老鼠四处散心

127　老鼠王国

128　给老鼠的生日礼物

129　**第四辑 村庄纪 /**

131　沙坪突下大雨

133　病中

134　中年的叙述——致明月村

136　元宵夜

137　举头望明月

138　记月光的一次围追堵截

139　明月多肉

140　明月驿站

141　立碑

143　一只蝉在果园里唱歌

144　在一户人家前停下

146　在明月村道路上随便走走

147 报恩记

149 剥洋葱

150 从此以后

151 秘诀

152 明月寺

154 春风吹

155 五月

157 村庄纪

158 梦中的三合湖

159 东印山，我想看看你

160 明月山，我向往的女子和家园

162 大昌的郁金香

163 说说箩篼湾的美

164 秋天的明月山

166 母安小镇高粱香

168 酒冠毕桥村

169 好酒慢慢品

170 蝉

171 秋风辞

172 桂溪河

175 明月山

177 中秋夜

178 牡丹祭

179 毕桥村

181 七夕之约

182 我在垫江爱你

183 爱在箩篼湾安顿下来

184 寒冬下的毕桥簌簌发抖

186 在乡村里和你聊诗

188 在毕桥荷塘，我被荷花团团围住

189 垫江的雨

190 一个人的垫江——致梅时雨

191 我在茂盛的地方等你

192 翻旧账

193 追

194 哪个英雄不救美

195 高楼

196 父亲的梦

197　跟父亲睡觉

198　表叔公

199　岳母

200　三舅

202　堂哥的味道

204　唐豆花

206　兄弟，今夜你在山垭口

村庄纪

马说

一匹马很利索地爬上树
然后变成一只很小很小的鸟

鸟窝里有几只鸟蛋
其实鸟窝里根本没有蛋
蛋还是它的想象
因为它看见自己孵蛋的模样

我是你的马

我是十一月四日风雨大作为你入梦的马

我是林外昏鸦不惧西风为你孤独的马

我是草枯雪尽猎者无箭为你寂寞的马

我是不迷乱花只恋浅草为你奔腾的马

我是蝉到吞声无须有声为你识路的马

我是凤箫声动玉壶光转为你飘香的马

我是春风得意看尽长安为你开花的马

我是门前折花绕床弄梅为你祈福的马

我是龙城飞将胡马难度为你出塞的马

我是你疯狂的台风，席卷八荒的马

我是你呼啸的暴雨，沉船破戟的马

我是你轰隆的雷电，心潮难平的马

我是你打湿的往事，深沉难叩的马

我是你重燃的诗情，笔走龙蛇的马

我是你马上的鞭子，说跑就跑了

我是你马后的秋风，说来就来了

我是你的马啊

只要你把缰绳轻轻一拉

我忠实的四条腿

赶忙为你，立正，稍息

你说，我只是马

你说，我只是马
不是站在河边
边喝水边看自己的马
不是任鸟飞过头顶
悠闲地啃食青草的马

不是站在某一幢高楼
咀嚼城市风景的马

你说，我只是马
是日行千里夜行八百的马
是三过家门而不入的马
是望梅便会止渴的马
是画饼就能充饥的马
是风里来雨里去
没有瞌睡的马

你说，我只是马
是你一辈子的马

骑上去

让你舒服的马

跑起来

让你纵横驰骋的马

梦见马的血

最近总是
夜夜梦见马的血
恐惧的血

脚蹄上的奔腾不息的血
肩胛溃烂的血
肚脐眼饥饿的血
脑门瘫痪的血
长头嘴里，大口地吐血

飞驰电掣的汽车，撞死
斑鸠的血
溃坝的蚂蚁，紧张的血
夏天的蚊子，缺乏睡眠的血
女人分娩后，身心疲惫的血
从文字中复活，又从文字中
死亡的血

总是梦见马的血
还有谁

正如此安详地说出

一摊……血

我怕见马刀

我一直怕见马刀
看见它的时候
我宁愿自己不是马

这是一把拂钟无声削铁如泥的马刀
这是一把神奇无遗日月可追的马刀
这是一把旌旗未干白草起寒的马刀
这是一把力拔山兮气盖世的马刀

它总是借灯光偷窥
我繁忙的指尖
深夜不知深夜的深
黑夜不知黑夜的黑
它总是住在时钟里
冷笑键盘的紧张
而我，在脚步匆匆的琐事中
虔诚地追赶远方那迷人的花香
没有任何预兆
黄昏的乌鸦开始嘶哑地呻吟
残酷的马刀

剜去急剧跳动的心脏

放干汩汩流动的血液

并一刀刀割去

我少不更事的尾巴

最后仅剩下松松散散的五花膘了

我真的怕见马刀啊

疾行的马刀，眼前一晃

我赶紧闭上眼睛

一匹马从我身边疾驰而过

上班途中，我想着，我是你的马
像鸟飞翔的不知疲倦的马
急匆匆的马
追赶一些与爱情无关的马

我看见清晨的阳光，是初夏的身体里
最柔软的部分
银杏树的叶子一动不动
行道树下茂盛的草一动不动
桂溪河清澈的水一动不动
即使望见天空被遮住的云
依旧不敢妄动

即使蹄子跑破了草地
四肢磨光了路上的石头
头颅甩掉了身上的肉
时光剩下易折的骨头
但你只看见，那些坚实的物质
正盛开花朵

在上班途中，我这样想着

想着想着

一匹马从我身边疾驰而过

马在一地野花前停下

它试着扬起一只黑蹄子
扬起，放下，扬起，又放下
很多野花还在打着花骨朵
蜜蜂已赶来与春天悄悄蓄谋
蝴蝶追逐梦
不远处，山羊悠闲地啃草
天空上凝滞的云朵
不忍刺伤鸟的翅膀

鸟鸣像一把刀
插入马的忧伤
惊骇的马发出一阵嘶叫
所有的花骨朵次第开放
让蜜蜂和蝴蝶、鸟和蜻蜓
逃之夭夭

在一地野花前停下的马
低沉的头和身后的尾巴无关
放开的喉咙和想吐
又吐不出的言语无关

饥饿的肠胃和想啃
又无法啃的草料无关
它也仿佛和自己无关

只有两只耳朵
像交头接耳的蘑菇
好看，但与自己无关

曾经很瘦很瘦的马

还没有看见春天的手
就嗅到了花瓣的芬芳
一匹马
曾经很瘦很瘦的马
在矢志不移地奔跑

不吃草的马
不饮水的马
忘记白昼与黑夜的马
就是我那
曾经很瘦很瘦的马

跑了一辈子的马
鬃毛像野草一样疯长的马
边跑边喘气的马
就是我那
曾经很瘦很瘦的马

离春天越来越老的马
离秋天越来越近的马

不知被谁割去赘肉的马
剩下的全是骨头的马
就是我那
曾经很瘦很瘦的马

我那曾经很瘦很瘦的马
从未嗅到一朵花的芬芳
但还在奔跑
跌跌撞撞地奔跑
它始终不会抬头，看天
只是低头，走路

马说

我是不是马无关紧要

我是不是名马无关紧要

我是不是千里马无关紧要

祗辱于奴隶人之手

骈死于槽枥之间

一顿吃粟多少

才美是否外见

我无关紧要

风马牛是不是相及

路遥不一定知马

见鞍不须思马

牛头不用马面

香车配不了宝马

马说

我是不是马无关紧要

仿佛生活

生下来，要活下去

蝴蝶戏马

一只蝴蝶

一匹马

故事便枝繁叶茂了

蝴蝶若隐若现

以君临天下的美丽

指点江山

这匹在你的草场奔腾的马

你说是你的游戏里听话的马

是慈眉善目的谦逊的马

是生性拘谨的含蓄的马

是你说会跑就能

日行千里的马

蝴蝶也有生气的时候

以铺天盖地的蹁跹

卷起黑白相间的云

这匹在你的草场奔腾的马

你又说是你的剧情里无法驾驭的马

是虚张声势的生猛的马

是锋芒毕露的好强的马

是你说给一对翅膀

但也不会飞翔的马

蝴蝶说，故事还得继续

村庄纪

019

纸上飞奔的马

我就是你的笔
你的大脑
你的纸上飞奔的马

大树繁茂之前
晦涩的叶子晦涩
多余的枝丫真的多余
它逼近泥土
是为了颠覆无用的理论
让心灵抵达心灵
还有那些花草
牡丹红、梨花白、野草绿
怎样点亮你的脸
只有我、我们
还有那些生动的鸟
躲藏在大树的深处
夜夜熬更鸣叫的声音

直达你想要的高度
纸上飞奔的马

忘记鸟们树们花们草们的马
其实是大脑长在笔和纸上的马
当它一声长鸣
谁看见了万里外的烟尘

脱缰的马

今天我就是脱缰的马
将忙碌的鬃毛抛弃
让嘴巴初开
浅浅的皱纹含苞欲放
野草长势轻松
此时，春天一望无涯

大树的高傲节节败退
一条河流的浪花朵朵饮恨
那些远山的寺庙
没有了木鱼声

今天我放开缰绳
把今年毫无征兆的幸福
郑重写在白鹤的翅膀上

一匹马在江湖

在江湖的路上行走
雨后的草地暗藏带刺的玫瑰
一地繁花下
陷阱的竹尖插满阴谋
深夜的月亮蓄满忧伤

我注定走在孤独的路上
眼睛离开八面玲珑的蝴蝶
只热爱高高在上的鸟巢
我知道前面的路没有尽头
即使死亡也微不足道

但必须像桃花在春天里埋葬
即使肉身腐烂为泥
剩下的骨头
也会成为远方的马头琴
在草原的静夜浅吟低唱

一匹马的想象

一匹马看见树杈上的窝
它就看见了鸟
那窝里其实没有鸟
鸟已经飞走

发觉鸟已经飞走了
它就飞上了天空
其实它根本没有翅膀
飞只是它的想象

一匹马很利索地爬上树
然后变成一只很小很小的鸟

鸟窝里有几只鸟蛋
其实鸟窝里根本没有蛋
蛋还是它的想象
因为它看见自己孵蛋的模样

马的某次死亡

马死于唐朝深处
桃花潭汹涌的水深达千尺
旁边的无字碑述说传奇
那是贵妃醉酒之夜
对影已成多人

那匹马是白马
千树万树梨花一样的白
白色的纹理深藏不露

那匹马在最后一刻挣扎
带血的马鬃像流泪的荒草
无法点燃瘦骨
只有铁蹄入了冰河的梦乡

那匹马死亡的时候无人知晓
隔壁的马漫不经心地吃草
凤凰在涅槃之前召集鸟们议事
文武百官正在宫殿吵架

那匹马还没来得及告别
就被风吹到熟悉的疆场
最后的一滴血风干
折戟沉沙的琴声回荡在那里

那匹马仅仅死亡一次
就没有活过来
那匹死去的马不是别人
那是旋涡边的你

周末以及与马有关

花朵肆无忌惮地开放
香味是假的

一群鸟
又一群鸟拼命地飞
这飞翔的姿势，好像也是假的

宠物在嬉戏
这曾经熟悉的场景也是假的

我被一地马前草
拉住了目光
我看见它们不停地向上攀长
也许这也是假的

据说马前草，消炎清热
但药方也是假的
火气依然很旺，血压依然很高

这个周末

以及与马相关的事物

让我头疼难忍

还闭紧嘴，不轻易说

一旦说出，也是假的

当我与别人的马狭路相逢

当我与别人的马狭路相逢
古道是别人的古道
西风是别人的西风
瘦马是别人的瘦马

枯藤上有老树
老树上有昏鸦

远处有小桥流水
有绕水而居的农家
有随风袅袅的炊烟在飘荡

我坚持认为
马致远至今无法知道
怎么大胆地走别人的路
让别人
无路可走

马回头

马回头之前
它看见走在它前面的那匹马
马回头之时
它看见跟着它前行的那匹马

它们看见了什么
它们好像什么也没有看见

马转过身来
前面的那匹马也转身
后面的马都跟着转身

马再次回头的时候
伙伴们照样也回头
转过身
它们越走越远

只有心里这匹马
回头是岸，安静地啃草

一匹马跑进黑夜的深处

已经瞌睡的夜莺
眨了一下慵懒的眼睛
我看见一匹马跑进黑夜的深处
马的四面临水，蹄里暗藏花香
它扬起的马鬃
像一团燃烧的火焰

就这一粒火星已经足够
当一匹马跑进黑夜深处
我不知道是在哪片失眠的草地
捡起一片碎光
盛满一坛难以言说的寂寞
这时候很多不相干的事物
像毫不起眼的草
这种生长悄无声息
一匹马跑进黑夜的深处
那么平静。只有黑暗或者时间在疼痛

也许，我终究是别人的马
只能坐在一匹马的影子里
一边看着自己，一边悄悄老去

第二辑

蚂蚁歌

一群又一群蚂蚁钻出来
沿着生病的路线，长驱直入
它们的先头部队已翻越，脚背上的长城
这时候我幡然醒悟，原来它们的侵略
是不一定需要借口的

我喊蚂蚁

在南山，村小与老屋一墙之隔

墙体被时空击伤

我确信，我看到的这只蚂蚁

隐居多年

而我像刀枪入库的故人

轻轻地喊蚂蚁

它不吱声

从我的左脚爬过右脚

然后，旁若无人地沿路返回

进入自己的蚁穴

它不关门

就像出行一样

不用开门

它的祖国，已经越来越小

但我确信

它仍在坚守这半壁江山

蚂蚁的进攻

我看见蚁穴，就想到了蚂蚁

但我不招惹它们

只对自己的身体保持警惕

先是一只蚂蚁探出头来

倾听风声

没有雨，阳光也不够灿烂

我连自己都不知道

我的一只脚趾丫，接不住地气

它大胆地咀了一下，我想

不过是痒一下就算了

当它又咀了一下，我下意识地咬了咬牙

它继续咀，我继续咬牙

并请求蓝天和大地主持道义

一群蚂蚁跟出来，占领趾丫的战略要地

它站在最前方

以我的血，扯长脖子

仿佛在舞动进攻的旗

我强烈谴责，邀约风开展联合演习

风不过是演戏

我的咳嗽还处于干着急患病期

一群又一群蚂蚁钻出来

沿着生病的路线，长驱直入

它们的先头部队已翻越，脚背上的长城

这时候我幡然醒悟，原来它们的侵略

是不一定需要借口的

数蚂蚁

趴下来，趴下来，你好像跟我

在走失的小路上数蚂蚁

一个黑夜过去，又一个黎明到来

在草叶间的露珠里，蚂蚁梳洗触角

我看见的幸福

是蚂蚁的呢喃细语

所以我愿意这样数蚂蚁

把隐私心事说给它们听，让自己

就是自己的蚂蚁

你看快乐的蚂蚁闻花咬草，忧伤的时候

瞪着不可冒犯的小眼睛

我用手指轻轻地触碰它的小屁股

它居然咬我一口，有点含羞带怒的样子

面对我的无聊之举，它最后还是

选择躲开，并且逃避

直到加入抬大青虫的搬运队伍，回到

自己的洞穴

我当然无法进入蚂蚁的内心

就像你记住了我的乳名，却忘记了
我们在一起数蚂蚁的往事

小小的蚁穴

这天在滨河路散步的时候

后脚总搭不住前脚

我的脚板心

有一些痒

还有一些痛

总觉得有一个蚁穴

让我不得不停下来

端坐在石栏上

使劲地用手抠

仿佛要把故乡的念想

抠出来

蚂蚁搬食

一只蚂蚁发现我扔下的一块奶酪

味道当然很美

我看不出它有多么惊喜

它只是停下来，嗅一嗅

既不去惊动，也不去独享

它绕一圈，仿佛在测量一次

成功搬运的强度

就像追求幸福，需要小心

再小心一些

它发射暗号了吗，我不知道

也许我的朋友，它毫不遮掩的面目

我还是看不清、读不懂

一群蚂蚁很快围过来

前面的蚂蚁在往前拉

两面的蚂蚁在往前推

只有后面的蚂蚁，在往后拽

这个我也不懂，唯一看明白的

是蚂蚁们都在使劲地搬食

你看它们绝不偷懒，态度是蛮端正的

送葬的蚂蚁

一只蚂蚁扛着另一只蚂蚁的尸体
不声不响地往前走

一群蚂蚁跟过来
像集体去赴一场葬礼

它们穿黑色的服饰
走相同的步子
合纵连横
也绝对整齐划一

它们是世界上最乖的孩子
不哭，不闹，不吵
只是表情暗淡了一些

跟死去的那只蚂蚁
没有区别
跟匆匆的车轮和行人，也没有区别

蚂蚁的欲望

我看见，一只蚂蚁从洞口伸出脑袋

先是左右望了一下

它确信，这是风和日丽的日子

就小心翼翼地爬出来

这辈子，它最怕的就是风

风是个野蛮的家伙

它小小的身躯，生怕一阵风

摔了跟斗

一路前行

它踩出去的足迹，比渺小的

一粒身影还渺小

好在身后的一群蚂蚁

都是它的兄弟

这时候，它会装出大摇大摆的样子

仿佛是在领导一支部队

要进攻远方的城池

前面一马平川，没有悬崖

更没有峭壁，也没有谁埋下地雷

可是这一天
平静得过于出奇
奇怪的事情就要发生

黑压压的长队
越来越近
领头的蚂蚁虎视眈眈
风是它的帮凶
是狭路相逢，还是调头而归
它居然跟我的想法一样
选择绕道而行

不是怕，是暗度陈仓
因为它把欲望
算计在新一轮的对抗里

蚂蚁的诉说

我是蚂蚁，色黑性温，瘦小无肉
你说踩死我，很容易
我知道，我天生就是弱者
弱势群体中的弱者

痛苦和屈辱，只有
我自己认真计算过
河流、田野、荆棘、树丛，长度加起来
绵延上万里
雪山、荒原、沼泽、草地，宽度围起来
横跨大江南北

但在你面前，我会随时警惕
你跨出的每一步
在上帝面前，我唯一尊重生命的方式
就是活着，好好地活着

当我每躲开你一次，我会庆幸自己活着
因为离死亡最近，才懂得活着的好

活着的时候，我不想嫉恨你的爱情

多么甜蜜

不想金钱、名誉和地位，不想复仇

冤冤相报，何时也没有尽头

那么好吧，我会宽恕你的漠视和诅咒

宽恕世上的任何不公，这样

即使你一脚踩下来

不论是有意无意

我会拼命躲开，逃窜……

蚂蚁上树

自下而上，用舌头舔
或者亲吻
仿佛在另一个身体游走
疯狂的时候
它会双手绕脖，两腿勾腰
摆出华丽的姿势
我看懂它青春年少的尾巴
蠢蠢欲动

当它越爬越高，高处不怕秋凉
嫩绿的叶片是它的得意之所
它肆无忌惮，把露珠顶在头上
向躲在叶后面的一粒阳光招手
向一朵花招手
向旁观的我招手

那时候，我是一个好事的人
它不知道
我只在它背上掸了一下
轻轻地，只一下

它就栽了跟斗

好半天

才悻悻地爬起来

向隐忍的方向逃离

我知道蚂蚁是谁

一群蚂蚁在前面走

我跟在后面

不敢大步流星

我怕绕在前面去

会引来风声鹤唳

草木皆兵

前面是山脊，林间的鸟鸣

洒落一地

小路上的鲜花被蜜蜂采摘

风笑眯眯地引路

不着痕迹

阳光时走时停

我和这群蚂蚁走在风里

它们运着粮食和药品

走得很慢

我知道它们是谁，它们要去哪里

又来自哪里

蚂蚁的位置

我相信大树下的窝
正是蚂蚁乘凉的好去处

一只蚂蚁匆匆赶来
又一只蚂蚁风尘仆仆地追赶

此时，一群蚂蚁被风
吹得乱了阵脚

当它们抵达这棵大树
黄昏挂在了干枯的树干上

大树的肩膀矮了下来
这些蚂蚁都挤进了窝里

蚂蚁的棱角

一群蚂蚁像一条河流
它们去最低处，顺从天空和大地
顺从河道的曲折，弯下腰身
顺从地躺下
顺从地收起棱角

它们的体内，藏着光阴这只虫
吞噬血
吞噬肉
吞噬易碎的骨头

它们剩下泥沙，剩下枯枝
剩下败叶
剩下枯竭的河流，往最低处
它们一再地使劲
也扬不起奔跑的棱角

蚂蚁的归宿

我选择住在垫江火车站的旁边
早晨看它从站台出发
傍晚看它风尘仆仆归来
看它带走该带走的
也看它带回该带回的

我可以在这里目送长长的车影
带走我要思念的
也可以追赶时远时近的车尾
抓住我要留下的
还可以爬上飞速的车头
一次次练习逃亡

当我疲倦，身心恍惚
这里是我的归宿
在瓦砾和草丛中，纠缠不清

中年书

身体已经安静不下来了
人到中年
他在掏空什么
我想读出那些器官上的碑文
怎么看，都是甲骨文

久别重逢的人

我快看到你的黄昏了
昏黄的灯光
照到远处的塔，好像很高
好像很低

那扇门是关着的
好像又是开启的

里面进出的不是人
人都变成了飞虫
进去时简单
出来没那么容易

这还是我坐着的时候
疲惫的样儿
倒不算太美

我可以干的所有事情
说着说着，再也没有意思了

我已经触摸到黄昏的光线了

虽然只有一根

但久别重逢的你

还可不可以跟我来一场宿命

身体里的故乡

故乡，一直蛰伏在我的身体里
有一列邮车匀速驶过
人物、田埂、树木和庄稼，跟邮票
一样的大小，有一层一层的邮戳
争先恐后地抢占心脏

岂止山川河流飞来，狠狠击中的那一下
让心绞痛加速
前半世的劣质烟专走肺部的隧道
从食道到肠胃，正血拼职场
一匹驰骋的快马
极不情愿地倒在了途中

身体已经安静不下来了
人到中年
他在掏空什么
我想读出那些器官上的碑文
怎么看，都是甲骨文

村
庄
纪
/
057

蚊子泪

我喂养的蚊子，到了冬天也吸血
你毫无征兆地来
二十年的路程，你说近
我说远

去年的秋天你就饥肠辘辘
只有我像电话处于忙音
大多不在服务区
到了狂欢夜
他一个电话，你就消瘦了脂肪
和影子

现在，你嗡嗡的声音
吵起来像一把镰刀
要割我泛绿的草，那阵仗
你说远，我说近

两厘米

你是谁，谁是你
我怎么一直在等你
等到高原高了两厘米
等到平原低了两厘米
等到我也矮了两厘米

你来自哪里，又去向哪里
我怎么一直在等你
等到海水枯了两厘米
等到石头烂了两厘米
等到我也瘦了两厘米

你究竟是谁，谁究竟是你
我怎么一直在等你
等到天边远了两厘米
等到眼前近了两厘米
等到中年的中间，我还隔你两厘米

疯人歌

我不想回到从前，从前是个疯人院
我进去了，就出不去

不要再给我灌输亲情的药，我一喝
就怕长出有毒的花朵

也不要给我装上鸟的翅膀，我想飞
天空已空得没有我的地盘了

我只想做当代的猪，每天每夜
憨吃憨睡，听不进那些疯言疯语

从前的模样

妻子说，她认识我那年
我像何首乌的根
初具人形

很多年了
我总在寻找何首乌
想要刨根问底

当我乌龟似的
把头缩了进去
儿子却说，你已不复人样了

冬天这厮

冬天这厮，酒醉心明白

故意让旧病新愁

自折断的松枝间，雪雨纷纷

让一地的白，白得空旷，可打捞意象

追捕词

风在吹，吹到最痛处

风将痛吹得偏西

走了半辈子的路，节奏和语感

总是不一致

我是你虚拟的客床，你是自己的乌托邦

灵感拿鼻孔出气

我诗意地活着，拍拖孤独

注定今生

会一句句地老去

今夜只抓住冬天这厮，把空气过滤

把自己变小，小得星星

眨眼，松树点头

观棋

呱呱落地后，好像不知道自己
是一盘棋
手指像羊角士，抓阄就可以摆布一生

我从少年开始，总爱把身体
交给陀螺
再变为连环马，让日子像子弹在飞

青年像莽撞的兵，老想跨汉界
逾楚河
也不过相为田生，小卒不返乡

一直为生活所累，中年就像低头车
气喘吁吁
叹念寡炮一门，瞎胡闹一阵

将帅快老也，背驼眼发昏
可我还在观棋的途中
这一世的残局，该如何收拾

爬坡

进入旺盛期，我就开始选择
同一个方向
一路向上，向上

不唯书，都说书山有路勤为径
同行的石头和花朵，向谁
媚态十足

光阴一寸寸柔软下来
洋酒、霸王兔、大闸蟹……
这些生活的贡品，养肥了别人的身体

他们早早就在坡顶，唱年龄的海
跑调的曲子
在谈笑风生中格外响亮

现在什么也不用想，我钻进中年的网
淡看神马和浮云
也看一些人爬坡，一些人上不了坎

我想我是不是老了

我想我是不是老了

有几根白发在镜子前那么清晰

那么地想出人头地

可是在异地，往往传染给人的

是孤独的病

这几年，我熬更守夜

眼睛瞪出血，皱纹像花朵在谢

身材好像矮了几分，肚子大了一些

我深信这身体就像拼命的火车

正一节节地脱轨

要命的是，手脚已不再那么麻利

一张不仅仅是吃饭的嘴

说不清另一种相思

我为你努力，白加黑日复一日

还是似曾相识

擦肩而过的也许都怀才不遇

身居庙堂的听不见低处的水声

我穿过镜子，抓不住名利

只逮住白发几根

仿佛，对今生的凌乱来一次梳理

倒春寒

我走在河边，看杨柳
杨柳已不在河边

不看杨柳
看河边那孤单的山羊
啃食新一轮的青草

不远就是屠宰场
我们都像这些羊
离开家
你会哭爹，我也会哭娘

我大大的肚子

我大大的肚子，它依旧还在大着
像我穿过的衣服，岁月命令我脱下它
一次次穿上宽大的新衣

每天总是大大咧咧地
从人丛中走过
毫不知觉
这大大的肚子，三十年前小
却整整大了三十年

三十个岁月，被自己随意践踏
赖以生存的机器开始生锈，胃开始溃疡
肝脾肾这些核心的零部件
磨损得没有了光亮
肠在里面开始厌倦
多次提出罢工

这大大的肚子，它依旧还在大着
里面的血肉是我的
跟我的灵魂一起，谁也别想拿走

它藏着的锋利的芒、盛气的火、呼啸的风

被指挥脑袋的屁股一一击溃

但多了一些鼓噪的饱嗝、平静的树皮

叨叨不清的棉絮

而我还会挺着大大的肚子

继续走过一堆堆人群

是的，它也像现在的我

开始慢下来

慢到这大大的肚子，小下来

直到消失

李花在上

唐家坡，这上帝的商场，白茫茫的
爱情专柜。谁用心销售穿短裙的李花
她露出的雪白，比晴朗的白天
还白。我喊来的白马
一坡坡追赶，一不小心
竟上错了春天的床

我不是白马。我就像其中的
一根李树桩
皮肤黑得像涂了黑膏
对于刚开的李花
总是那么近，又那么远
不像李树叶，那么惬意
幸福比拥抱来得快，来得长

我手举李花，愈坚实也愈有力
她想有多高就有多高，哪怕高得
不可攀折、不可捉摸
白色的火焰，像清水芙蓉

把我也彻底照亮

一瓣瓣芳香掉下来
步步为营，重重围剿
根已深入脚下的土地，深入
春天的内心

李花的白，是那样高高在上
我借来转义的刀
砍枝，割丫。在唯美面前
我愿意一直这样，举手，投降！

这直喘粗气的秋天

这个秋天，我身背弓箭

左手握刀，右手持剑

像孤胆英雄，闯入你十里的埋伏

你招来东风，摆下八卦

前追后堵

我退守南山，看正午的菊花

层层衰败

而你急促之箭，仿佛在下一场

眼花缭乱的雨

我箭囊空空，刀枪入库

马放南山

被逼得步步惊心

仿佛这直喘粗气的秋天

我和一只蚊子的战斗

凌晨 2 点，秋天已开始寂寞

她招来的一只蚊子，也许是今年

最后一位撬门入室的小偷

这可爱的偷渡者，悄悄蛰伏

在我炎症未消的颈椎

肆无忌惮地咬：1、2、3……

在梦游里，我拍打 10 次，翻身 5 次，

侧卧 3 次，喊叫 10 次

用鼾声打雷，用耳鸣闪电，用呼吸下雨

但她疯狂的咬持续不断：

32、33、34……

我拧亮电灯，让墙的雪白团团围困

呵呵，这很大很大的一只蚊子

在我的眼前，尽情舞蹈，毫无惧色

仿佛等待我的挑衅

我用双手抓扑，用一本书追赶

用毛巾堵截

来来往往，招招惊险，但一一扑空：

7次、8次、9次……

当我坐在床沿，大口喘气
这只该死的蚊子，伏在墙角休憩
时间已是凌晨4点，我决定
打开客厅的电视，关门上锁
让自己远离

狼

我们的栅栏，被你青光白日的四蹄
一根根拆毁。咆哮的血腥
在黄昏时分
被来历不明的风，打扫得一干二净

今晚那么平静，夜睁不开眼睛
我们不哭泣，爱人的眼泪
被黑云没收
即使下雨，也只好带着月亮私奔

你梦中的河流不湍急、不怒吼
流出的口水
在鼾声里都有花香。今夜
我们无家可归

我们吃过的草可以给你
新鲜的奶可以给你
肉给你，血给你，骨头给你
厮守半辈子的家
给你

但这唯一的爱情

你休来抢劫！

平衡术

从幼年的伤疤开始，对任何环境
小心翼翼
立正，稍息，走路，奔跑
我都在摇摇晃晃地练习

从少年的邪念开始，故意
赤裸上身
任凭冷雨暴君一样临幸
肚内的蛔虫从口里飞出去
谁收回了冰雹似的重拳
狂风似的猛腿，冥冥之中
我躲过浩瀚的一劫

从第一次接吻开始，就占领了
爱人的身体
她也进入我的眼睛，这安详的卧室
越来越苍老的脸面
便是她为人处世的客厅
我们厮守均贫富的爱情
擦亮半生

从滋生的白发开始，我对中午
以后的太阳充满尊重
日间走丢的影子，晚上
从灯光里回来
就像昨天的蔷薇虽然枯萎
今天的玫瑰已悄然绽放

从成熟的暗香开始，我把一切
都看成亲人
据说我的鼾声飞檐走壁
可以进窗入户，六楼的小偷
就是这样吓瘫的。现在，
他躺在我的诗里，打吊针

high 出来

水中央的孤独是你的，水天一色的
寂寞是你的
木路上那串脚印的苍茫，是你的
抵达天边的惆怅是你的
中年的疼痛，就要大声 high 出来

high 出来，对着一湖不惊的波澜
这清澈、透明的水，仿佛寥廓的胸膛
很近的肌肤，茁壮生长的水草
伸长脖子随你的绿
一起 high，high 出你的心动来

high 出来，把水鸟的咒语锁到湖底
把头顶的阴霾赶出山外
让远山更远
白昼更白，天空更空

high 出你的心，high 出你的肝
high 出你的肺
让这一路的泥开始滚滚红尘

让这一湖的水开始波浪翻天

让你肆无忌惮地 high

high 出卡在喉咙的刺

直到淤积多年的梦想，汩汩流出来

白天一般我不会睡觉

窗外那棵老槐树

低下了头

仿佛脖子被谁扭了一下

这一旱再旱的鬼天气越来越白

大地也一望无际地白了

白得树下面的小孩打起了瞌睡

是的，这是白天

白天发生的事情比晚上多

白天一般我不会睡觉，白天有人

肆无忌惮地午休

有人睡着了，但梦话是醒着的

窗外那棵老槐树也睡着了

一些人从树下走过，他们不抬头

无所事事的样子，秘密肯定

藏在别人的脚步声里

我低下头颅，好几个白天都紧张

有时候想起什么，却又忘记什么

嘱托

孩子，我生了你们并养了你们
现在，我决定把身体当成责任田
以抓阄的方式划分田土
像土地到户政策，三十年不变
一百年也不变

大儿子，我颈部以上的脑袋
目前五官没甚大问题
就是血压高，感冒有点多
只能给你提提醒、指指路

希望你别慢待身边的每一个人就行
你要像堂屋的横梁为一家老少
多担待一点
我的左右手，不仅仅可以夹菜吃饭
也能够为老二家扯草，翻红苕藤
割猪草，甚至煮饭洗衣

但不会再没日没夜拼命
也不会为你分多少个忧

因为还有老三，她是幺妹

她还小

我没有房子车子可以给她

只有左右腿交付

像当年老父老母待我一样

为她奔波，为她挣点干净的钱

让她读书

让她在正确的路上不偏不斜

如果我死了，请把我埋在吴家湾

你们，一个都不许哭

偿还

从中年开始，我怀疑自己
一直在充当身体的汉奸
我必须黯然隐退
把眼睛之上的眉毛偿还给你
把嘴巴之上的鼻梁偿还给你
把肚子之上的胸腔偿还给你
把心上的肝、胆上的囊
骨上的肉、毛上的孔、血上的汗
偿还给你

把贪污的时间和阳光偿还给你
把存积的饭渣、酒气、烟味
偿还给你
把多余的收入和房产
偿还给你
把存款和暗恋的情人
偿还给你
把行走的江湖偿还给你
把身份、地位和名声
偿还给你

我知道，前半生的账还有些糊涂

零星的债务算计不清

但现在，我不敢再往下想

也许揣着的明白，还会继续糊涂下去

村
庄
纪
/

云的梦是雨

我要写的云，这多情的云

执着的云

它的梦是雨，梦到极致

雨说下就下了

不爱说话的云，下起雨来

话就多了

它一开口，行人都往一边躲

只有行道树听懂了，一会点头

一会摇头

它不和人说话，只肯跟花鸟树虫说话

跟房顶和瓦檐说话

跟大地和河流说话

它说话的声音很好听，有些小清新

有些小快乐，还有一些小幸福

即使电闪雷鸣，它也尽量让高音

不刺耳，不威吓人

它不喜欢高，高处不胜寒

它希望把思念带到大海，因为大海

是最终的归宿

沉沦

那时候你像列车一样
向我撞来
我弯下腰
是你的铁轨
既没有设防，也没有躲避

浪漫总是短暂的
这隧道很深
我抓不住，别有洞天的机会
只看见光阴这些虫
慌不择路地逃逸

你从天际消失
只留下没有思想的身体
像另一条铁轨
与我平行，永无相交可能
各自往下沉沦

走路

走着，走着

你把自己走成一阵风

有时呼啸而来

有时落荒而去

来的时候

带一些云彩

去的时候

什么也带不了

唯有你掉下的那根针

刺痛了另一些走路的人

小心台阶

我们每天都在登台阶

有的轻松

有的愉快

有的郁闷

有的上气不接下气

有的跌倒

有的躺进了医院

有的喜欢一步一步地登

生怕一步不慎

酿成大祸

有的总是三步并作两步

胆子大一些

步子迈开一些

不计后果，不怕流血牺牲

有的总是登得高，登得快

却摔得更快

摔得更重

只有老的时候

才会明白

这登台阶

必须得像小孩走路一样

小心又小心

玩寂寞

渴望找一个人聊天
来的那个人
不是我想找的不要紧
聊的什么也不要紧
他聊他的
我也聊我的
聊着聊着
聊到了可怕的黑洞
他说差点跳下去
我却仿佛听到了砰的一声

惹尘埃

这个夏天
一个头戴安全帽的人
携带一条单人草席
来到滨河路
找到满意的栖身地

在偌大的天地间
一件单衣蔽体
睡得如此安闲
仿佛活下去
莫过于身下的一席之地

我偷偷地观看
他手舞足蹈的样子
仿佛在教唆身旁的蚊子
去，惹尘埃

洗衣服

洗衣服，对于男人
也是再简单不过的事情
一招一式
我的笨拙
就像半辈子的生活
有些像模像样

可是今天
我的恍惚如这一大堆衣服
把自己的一件内衣
洗成了别人的寂寞

回乡

在城里生活久了
心里就毛焦火辣
老家的模样
像电话那头
母亲生的一场闷气

扔下一大堆琐事
一狠心
背起乡愁就走

可是坐了三个小时的车
却下错了三次站
我以为是回家
却去敲邻居家的门

当个写手不容易

文稿这个东西

不好整

既费头上的马达

也费眼里的电

电发生对流反应

充成了血丝

写了二十年

甩不脱

离不开

像情人

展开马拉松式的生死恋

很多素材入脑入心

别人羡慕我是智多星

其实加班熬夜那些事

让聪明也会生病

很简单

就是先生开出的好方子

一不小心

就吃错了药

重逢

在人群中多看你一眼
我们就成为朋友

总是写你，念你
千遍万遍不厌

我对你那么真
多年后重逢，还是叫错名

表态

有些表态很诱惑

我痴痴等待

不知道自己

埋头干的都是傻事

有些说法很诱惑

我苦苦经营

不知道自己

陷进去的都是漩涡

就像事业与爱情相加

是生活

对你喜欢的人最好沉默

一旦说出，就会错上加错

东西

躺在手术台上
让你全身麻木
对于医生
你不是人，有时候就是东西

就像昨夜醉酒
走错了回家的路
一头撞在电杆上

我摸着肿肿的包
呵呵，啥东西

中年书

人到了五十岁，总要回头看看
这差不多半辈子的书

儿时的文章很优秀
老师，总是给满分

少年的文章开始散乱
也许与生理有关，与心态有关

而立之年遣一些词，句子就喊疼
连标点符号都成了割不掉的肿瘤

不惑之后，感叹人，生下来并没有错
有些错还在错

如今这书还得继续写下去
有些错，依然不能避免

母亲的子宫

这是你苦难的源头，也是
我一生的开始
始终走不出
这里的宽窄之道啊
因为宽，你倾其所有
因为窄，你只容下了我

重阳忆母

今天这个日子，别人登高，遍插茱萸
我躲在忙碌的文山里，刚喊了一句疼
许多往事赶忙围追堵截

一阵撕心的咳，吐出一大口瘀黑的血
那是我和两个妹妹、一个姐姐哇哇落地之前
母亲分娩的血。是大集体上坡的钟声
母亲撞破脚趾丫的血
是从山上挑来煤炭，母亲在城里满街叫卖
喊破喉咙的血。是不安好心的人毒死喂肥的猪
我们要不来学费，急得母亲寻死
上吊勒出的血
是老实巴交的父亲备受欺凌，上前劝架的母亲
被打断手臂的血，是不争气的小妹失踪十年
母亲日夜咳嗽咳出的血
是我在城里快乐挨着幸福，母亲守着仅剩的
一亩三分地，被蚂蟥吮吸的血

这些血呀，叫我捆好字词句
心急火燎地吵醒诗歌，回家

野菊坡，夜色来临

那时候真的很郁闷，秋天的太阳
把剩下的时间，留给了
含情脉脉的昏鸦
我被傍晚的野菊坡
一大片菊花的黄，重重包裹

在外围，一些野花的黄
还有红的、白的，这些游击队的高手
狙击枪一样虎视眈眈

我努力挣扎，很远的黑也开始入侵
像狰狞的鬼怪

不远处，一身雪白的老妇像我的母亲
背有些驼，仿佛弯弯的月亮

她瞥了我一眼，只一眼
什么也没有说
便埋头走自己的路，直到夜色淹没

而我在野菊坡，想走，最后还是

没有走出来

姐姐是从山那边捡来的

母亲在山那边捡煤渣，捡到姐姐的时候
从三个风口刮过来的风，一遍又一遍地
把母亲单薄的身影刮倒

捡来的姐姐，来历不明
记载生辰的纸随风了无踪影

渐渐懂事的姐姐知道自己是捡的
对母亲好，对一家子好
劈柴，生火，煮饭，洗衣
样样都行

她把村里人都看成亲人
甚至路过的乞丐
走丢的小孩，迷失的蝴蝶
孤单的麻雀

长大的姐姐没事总去山那边
让三个风口刮过来的风
把自己刮了又刮

后来姐姐真的一去不归
让母亲天天又跑到山那边捡煤渣
她坚信哪一天
真的会把姐姐捡回来

公主岭

牡丹花开了，一簇簇红的白的仙子
漫山都是

那时候阳光有点毒，我像无心走散的浪子
在人群中进入叛逆期
来来去去的人眼花缭乱
我把每一个美女当情人
花丛中足以隐藏两个人
一个个主动巴结，甘心献身

把初吻给了我，把失去的爱情找回来
把名字写进
身体的漩涡、河流和花朵
我们吃石磨豆干，喝丹皮药酒
忘记所有春天的心事
没人知道我是谁，我来自哪里
无聊的商贩
免费兜售一下午的花言巧语
我藏起了年龄、面貌，谁也看不出
尘世的端倪

每一个熟悉的人都纷纷逃离
只有美女，依着我的肩膀
挽起我的手臂
听我海阔天高的言论、满肚子的牢骚和
胡编乱造的诗词

我们说累了，又唱，喝得半醉半醒
偌大一个公主岭
仿佛要留住下半生的足迹
天黑不管去向
我继续在花海，浪来浪去

回忆

阳光被树枝逼退，树上的纹路是中年的硬伤
失败的初恋，留下一些暗淡的痕迹
像昨夜的枫叶掉下来，毫不知觉的你
正被一场午后的花事焦头烂额

不要回忆。回忆是少年荡起的秋千
你害怕从这头荡到那头
找不回青春的影子

你拼命抓住绳索，让脚丫接住地气
这样证明你还活着
你以为已经回到了儿时的天堂
天堂很近，可闻、可吸、可触摸
你一步跨进果实的房间，生活告诉你
那叫寂寞

你使劲地想着，你在弯弓搭箭
瞄准大规模溃逃的美
只要让她停下来，你要的家就不远了
在纷纭的往事面前，你，不是逃兵！

女汉子

吼一曲黄河，高音一去
不复返
我老了，你还在还童

喝住流水
喝住三月踏江而去的离愁
我吟诗，你唱的
从旋律到声部是男人的赋

沙滩边，浪花淘尽的
不一定是英雄

婚点

你给我雨点，我以为
你架上了梯子
一步一步爬上来
我给你玫瑰

你把命里当桃花
我只送玫瑰
一夜一枝

我把每一天都当作春天
把你藏起来
你总在深闺，睡不醒

萝莉

你穿上萝莉装，就是萝莉
我打开网络的门
一眼认出你

你乔装打扮，还是萝莉
我有人间的照妖镜
盯住你

你逃到哪里，哪里就是
萝莉的影子
我反而被你围追堵截

蜘蛛人

我也许是这个城市里混不下去的人
每当游走在十几层高楼的玻璃幕墙上
就仿佛在对自己施暴
双腿悬空
手指僵硬
吊带在天空中招魂
陡然间自己就成了蜘蛛人
偌大的广告牌上
那个女人抛来的媚眼
亮了，又灭了

鬼吹灯

这是白天　我开始说一些不该说的梦话

进入森林的黑　一粒拇指大的石头透过丛林

滚落下来　在我的一蓬乱发中间

像一粒光轻轻撞了一下脑门

一只鸟怪异的惊叫　好像从林海呼的一声航过

记忆之门紧闭

上午的事情在黑屋里乱飞

我划燃一根火柴　油灯不亮

再划燃一根火柴　油灯不亮

然后不停地划了又划

在油灯点亮的刹那

很怪很怪的风吹来

先是屋里的杂草燃烧　接着引燃了森林的黑

最后是自己在燃烧

在火焰的上空　一些经历的人和事突突蹿向远方

这是夏天　时针指向两点三十分

一位自称受人之托的陌生人敲门进来

把一本书郑重地放在办公桌上

他走了，像轻轻带过去的门

我看了一眼书名 只一眼

啊，鬼吹灯

黛依亭

取这个名字的时候，你知道
她要索取的事情
绝不仅仅是一段光阴
那个夜晚，天有些凉
唱吧的歌声暧昧得有些委婉
又香又直的长发在我手上取暖
你说，她只是一个亭子
有了好听的名字
美就是这样诞生的
于是秋意的风声是你带来的
菊香的雨点是你招来的
我笑你
女扮男装的落魄书生
读什么好书，家里连电脑都没置
还添什么嫁衣

菜刀

这把菜青幽幽的，泛着狡黠的绿光
是的，她张嘴衔上一枚水珠
把稚嫩藏起来，偶尔又露出半边脸
如果一生就是一顿饭
我也想弄一道好菜
其实我才是她的一道菜
只是我握刀的手，还没切菜
手就松了

这菜刀的锋芒，一天天就锈了
即使锈，斑点也写在你脸上

化妆术

脸是一层皮，脸隐藏起来
皮也没有了
那就装物件吧
把红装成黑，把黑装成红
屈辱和笑，眼泪和酒
爱和恨

让一张脸跟踪另一张脸
让脸，失踪

屏里狐

精明的老鼠

从铁轨里咬出一个窟窿

钻出来

满眼的似锦繁花

但很快，她数起了日子

一天天，太阳蔫虚

一夜夜，月亮发霉

屏风上的鼠啊，久坐成狐

无眠的狐啊

想想就吐出一大口

旧时光的淤血

这代价，似乎比一张狐皮

还贵

诗江湖

行走诗江湖，我持枪策马

发起中年的冲锋

从一首诗开始，练习弹无虚发的狙击枪

瞄准诗坛的交椅，水浒百零单八将

揭下遮羞的布

子弹全部脱靶，流水的位置空无一席

我搬来救兵，工兵营、神箭手、掷弹师

发誓决一死战

身体千疮百孔，结局是不谙世事的败仗

江湖人悬下大奖，奖杯像好看的裤衩

流水线的诗歌打湿颁奖会

专家天生不劝架，说是李白和杜甫在场

我在江湖之内打湿了鞋

抽身上岸

又在江湖之外，射不准诗眼

雨巷

这不是你说的那个雨巷

冷风里的凉意像蚂蚁

从脚丫爬到脑后

风华不再茂盛，我与中年一起沦陷

身体千疮百孔

还像蓄势待发的箭镞

把弓拉得满满的

固执地射向，即开即谢的昙花

我承认，我进入不了你的雨巷

你的雨巷不悠长，也没有丁香般的颜色

没有丁香般的味道

这几行诗歌太沉重，又太轻浮

那些芬芳在无眠的夜里围剿，你就给我

下达病危书了

还好，我也没有遇见

结着愁怨的姑娘

也不用红纸伞，撑起

我苦苦经营的乌托邦

就像我来的时候，你也走了

一地的乱箭，在雨巷的尽头

比你的发丝，还乱

老槐树下

我回到村东口，那棵老槐树下
痴想童年
一望无际的，全是幸福

是的，老槐树下的我
那时候就像这棵树
长势好，茂盛，开满自由自在的花朵

一群小孩像风，从树下经过
我问起一串串乳名
他们像落叶一样，不知所终

一幅画

树影再婆娑一点，让我夹带

一些月光走进去

墙壁再古老一些，让我翻墙而入

把前世的清醒带进去

熟悉的人也要简单一些

陌生的人也要随性一些

河边杨柳，有我弯弯的爱情

曲水流觞，有我琅琅的书声

黑夜的黑

摔坏许多走夜路的人

而我，进得去，也回得来

致妻子

从前的日子那么慢，车慢

船慢，邮件慢

翻过鹤游坪的一封问候，你坐等花开

稻谷熟了，你在筲箕山那边唤我

声音传过来，很慢

我从一个村子

到另一个村子，并不是我的脚步慢

而是山路十八弯，月色有点闲

月光有点懒

那时候牵手慢，一前一后

你离我很远

你怕阳光都是人影，风雨躲在山前

直到你踩疼我的影子

我捡起你的手绢

这一捡一牵，整整三年

如今进了城，我还是慢

亲爱的，请允许我继续地慢

慢慢地从卧室走到阳台

慢慢地晾衣，教子，读诗

慢慢地把你掉下来的白发

夹进书签

我想以一粒米获得老鼠的爱情

有人不稀罕米，他的十年爱意
虚伪到一粒米
他搂过的老鼠从厅堂转移到地下
地下活动也找不到一粒米

老鼠叫地，地不灵
她的儿子，当然也是一只小鼠
当然也滴米未进

老鼠忘记了被搂的浪漫，搂住儿子
从黑夜的黑
走出窒息的洞口，她终于回到了
娘家的温馨，但免不了还是
时间的过客

现在，每天每夜
我笃定自己是她娘家的人
老是想着
能够一生一世搂着她
以一粒米获得老鼠的爱情

带着一只老鼠四处散心

我与一只老鼠，总是那么默契
她想要的，也是我要的
她拒绝的，也是我拒绝的
比如这些天出门，我也有着了
老鼠的模样

别人出国，我们就学着出境
明月山外，不是重庆的山林
她也想去
沿着鬼门关方向的许明寺
她吃起羊毛肚，就像那天的好天气

她还会唱情歌
唱的时候很自信，那声音
你想不叫好都不行

我们找寻生态，绿色
不希望人世间的灰尘沾染纯洁
就像那一夜我们一直谈心
光阴再短，也不会是苦的

老鼠王国

我和一只，不，两只老鼠经营

一个王国

其中一只老鼠，还没有征得她同意

我就开始筑巢

50 平方米我嫌小，100 平方米我嫌大

装下她爱我就行

装下我爱她就可

满满的，全是正能量

比如空气，不因为免费就糟蹋

一滴水，微不足道就浪费

一朵花，一枯萎就扔掉

我们的国，她是王，也是后

儿女是王子和格格

我就是抵御外来入侵的大王爷

给老鼠的生日礼物

在老鼠的世界里，只有一只老鼠的生日
向我泄了密

那天是十九，小雪与大雪之间
谐音"要久"
我要送的礼物就是这组诗
诗和爱情，才是暖热的长久

我要久久地爱她，像爱她一样
爱她的小老鼠

像爱我的家乡一样
让强大的内心
从这里建起一座城

村庄纪

这是我向往的家园。我向往的这个女子
喜欢月季花在头上绽放
山是那么神奇，让很多颜色的鸟
与我的女子对话
人说的是故乡的方言，鸟说的是异乡的土话
她们旁若无人，她们不知道诗人失去鼾声
不知道一首新诗诞生的时候，我还抓住了
一大把鸟鸣

沙坪突下大雨

太突然了。闪电
没闪一下
雷声，没雷我
没有任何征兆
瓢泼大雨，就下到了
沙坪大地

先是箩筬湾挨淋啦
接着是我的毕桥村
耷拉下自信的头颅
这打落在地上的大雨啊
溅起的水泡泡不过是
沙坪的名声
一泡泡地化为无形

水声潺潺，水流湍急
我知道最终流到江，也可能流到湖
尽管江不知何处，湖也会很远
我不会顺流而下
也不会逆流而上

我站在明月山上观雨

看见林深处有庙

破败多年，但殿堂高

我也只是看见，另一个我

跪下去，我就矮了一截

站起来，我就高了一丈

病中

明月入怀
像我的孩子
秋风蹑手蹑脚进来
她睡在我的旁边
像我的妻子

我们挨挤在一起幸福
在幸福中
我把自己分裂成两个人：
一个老头，一眼望见生命的芬芳
一个男孩，再也离不开故乡

中年的叙述——致明月村

我开始不停地叙述
在叙述的汹涌里沦陷
在沦陷的湖底里，我的
另一个自己
像爱车在空挡的诗意里滑行

他以为李贺在呼唤
一生的句子鬼灵精怪，怪到
刹车失灵
唐朝在他的怀里干咳几声
他就要浪漫到死
新一代诗鬼，刹那间诞生

从沦陷中再次沦陷
那是我想到的诗句，像伸出的竹竿
救起我
也救回了一趟雾里看花的路途
让我今生要振兴
一轮明月，兴出一大把乡愁

于是中年的叙述

在没完没了中，让我和另一个我

在这个发光的村子

日出而作　日落而息

元宵夜

这夜来了很多人
夜色被焰火击溃
焰火被眼神击溃

而我，在明月村口看明月
看她从大妈的屋顶升起
又攀到后山坡的树梢上
累了，她停下来
停留的时间有点长
仿佛在看一轮轮的焰火灿烂
又看焰火刹那间熄灭

她终于开始慢慢攀升
游客回到了四面八方
所有人都睡下
直到云雾赶来，天空已经
很空很空

我确信，月亮也睡了
但大妈家的灯火
还在一闪一闪的

举头望明月

我在月光里穿梭。开始是
在学堂湾读古经
读到懵懂处，我听到月光
沙沙落地
然后在陈家小湾
遍寻义门陈氏无果
但闻鸡鸣犬吠，我又听到
月光捶衣
这可是
报恩寺传来的木鱼声

到了后半夜
我快沉没到明月村深处
那里有湖，水不深，但被呛得够惨
我又听到了月光入水的声音

太阳刚探出头
我看到日月映湖
太阳吞噬了月亮
但头顶的月亮还安静
她看明月泉，不看我

记月光的一次围追堵截

这夜明朗得让人窒息
我躲进明月村的碉楼群里
喝酒，对影已成三人

不知道这轮月光喜欢进攻
窗外的一头老牛
突然四脚起立
大大的眼神，直勾勾望我
有点紧张，也有点无助

我也望它，但不知所措
不知道
我从哪里来，又来到了哪里

直到喝足夜色
醉醺醺的
碉楼已不知去向
老牛，更不知去向

明月多肉

我乃将心向明月，奈何明月长肉
一颗颗肥实，一丁点不腻
很多人来了，很多人又走了
来的长肉，走的带肉
这明月也乐于长肉不停
多肉，成为盆景，成为网红
而我，闻肉香，极好

明月驿站

她站在明月村，站成千年史
那时候
亭亭玉立是她的风姿

唐朝倒下过
宋朝被俘虏
元代的大雕，断了翅膀
大明公主，死于一场争风吃醋
落魄的晚清贝勒
病死在她的怀中

民国的烽烟，熏坏了她的裙裾
她开始破罐破摔
无疾而终
明月的心胸从此蔫巴巴的

这是 2022 年的春天
我带来诗坛的王命
拍拍她的香肩
轻轻道声：立正，稍息！

立碑

这半生，我走过四个村子
每次握手，道别
难舍的村口，我总给自己立碑

齐心村很小，小得我
把初心交给村民
村民把初心也交给我

华龙村很远，远过皮家庙的大殿
站在高高的黄草山
悬崖上，我是飞起来的孤独
摇摇欲坠，又不坠

最险不过毕桥村
人过中年的一次出征
我战胜不少闲敌，逼他们
低头，闭嘴

知天命那年，明月村有一轮明月
安放我心

我低下身子，把自己变成
碉楼下的基石

可气的是
半年后那座碉楼民宿群
像我的代言人，向村口宣告
民工张三与我埋在一起

这一次，我立下无字碑
碑上依稀可辨两字：无非

一只蝉在果园里唱歌

在明月村一环，果园张开大门
我看见一只蝉
在一棵果树上唱歌

我想，这只蝉
也听到了我，听到我站在门口
跟它一唱一和

我想，这只蝉
又带领许多蝉唱歌
它一定以为
我要和它们合唱进行曲

我甚至还想，这只蝉
要以一生
在明月村唱歌

它也一定以为
我们唱的都是振兴曲，要唱到
一声声老去

在一户人家前停下

在一户人家前停下
我用自己的想法
揣测这户人家的想法

我想为这户人家，挖条小溪
在地坝旁缓缓流淌

让这个叫陈家小湾的院落
小溪纵横，曲水流觞

然后，我把这户人家的土地
挖出花瓣的形状，果实的形状
明月山的形状

我把这家人的农房
用写诗的方法，描绘成
飞鸟的形状

我不厌其烦，把陈家小湾以及
十多个小湾的这些形状

排列组合

我想，应该是最美乡村的形状

最后，我在这户人家的门前

变成石头形状的狗

余生望山，看水，听鸟鸣

在明月村道路上随便走走

我在明月村道路上
随便走走

我想，明月村的道路一定有自己的想法
在上面走着的我
愿意是它的鼻子，被它牵着走

向左，左边有花香
然后向右，右边有果味
再往前，我嗅到了明月多肉的芬芳

拐一个弯
不爬坡，不上坎
偌大的明月在广场等我
广场的鸟鸣在唤我

但不可以向后
向后，不是明月村道路的想法

报恩记

在双河口报恩大院，我们男士
左脚进门，女士右脚进门
从进门开始，这个次序
是公序良俗

买票入场，我领取面盆，打来清水
给父亲洗脚
先是脚背，然后是脚板，最后是
脚趾、脚丫
脚板心，按一按舒心

我的亲人们，看我背父亲，看我
为他抠背、按摩、剪指甲
看我点烟、敬茶
大妈说我，不如当年父亲对孩子们
手势娴熟
但脸上的平静如湖，微风一吹
荡漾开的，是羡慕和幸福

合影也有讲究，用餐须讲礼仪

酒足饭饱

主持人宣布集合

晚辈们和我低头微倾

向父亲，一拜生养恩

二拜教子恩

三拜立业恩

然后叩首，直到九叩完毕

谓之，孝悌永长久

母亲说，这之后

父亲的胃病、孤独和顽固的

坏脾气

像秘制的中成药，可止疼、止痛

剥洋葱

一个好项目的谋划，像一个
诱人的洋葱
我把剥洋葱的过程，看成是
一个项目的竣工落地

做完规划，仿佛剥掉洋葱的第一层
设计图交付，我剥掉第二层
预算，评审，招投标以及按图施工
我一层层地剥

我喜欢这样剥
每剥一层，我仿佛就赚了一笔
剥完一个
我就赚了一个亿

我喜欢剥洋葱的过程
就像赚钱的过程，就像
完成一首好诗

从此以后

我着长衫，占据明月驿
占据碉楼
占据一片天空，划定爱情的识别区

我和你唱唐朝的剧
我演青山
你扮绿水
戏里戏外，明月村被美色瓜分

古代的戏子围拢我
称我为王
当代的游子也围拢你
称你为妃

我还想着，我们怀三胎
生下三个龙女

秘诀

以后的明月村是什么样子
你要她像你乡下的表嫂，我要她像
我诗歌的孩子

我和你讨论美
我说出前半句，又戛然无法用词
你说出上半句，欲言却又无语

我与明月村相处半年
不识明月
你走进明月村三天
还是没有走进去

仿佛说了三天话，我们还不相识
就像明月村振兴的秘诀
有时是你的表嫂，有时是我诗歌的孩子
她们各美其美
她们在一起，看起来像幸福的母女
其实都叫不出对方的名

明月寺

我肥壮的身体里一定有座明月寺
三层殿里的长夜灯
灯火通明

我把这座寺庙称之为负荷
好比明月村里有了月光的重量
村外的人来了，村子就长胖了
村里的人走了，村子就消瘦了

进来后，要卸下什么东西
出去时，才变得轻松，像鸟
有了自由飞翔的翅膀

偶尔有人来了就不想回去
成为村子的一棵黄葛树
也有人走了很久也没有来
成为村子的一只候鸟

当然明月村不能兴建明月寺
但我身体里一定有，夜深失眠

我会用心地为它敲木鱼

这木鱼声

像久违的蛙鸣

春风吹

春风吹，从明月村的村口缓缓进入

从一棵树的枝叶缝隙中散落人间

从一个小女孩的秀发开始

造唯美的发型

从眉毛开始，长出两片嫩叶

从鼻尖开始，长出一座小山

从嘴唇开始，长出两瓣桃花

从酒窝开始，长出一汪涟漪

从握紧的锄把开始，长出一块茧花

春风吹，吹得一天的光阴那么轻、那么慢

春风吹，绕着女孩的脖颈那么柔、那么软

五月

一夜醒来，我不知道五月
是春还是夏
毕桥村的美
何以那么脆弱不堪
我在草坪上兜售不完的春天
在五月的花盆里发了霉
像举头望明月的明月村
直到五月还心有不甘
让明月湖的水犯了浑
鱼鸭不予共生

本以为心静如明月湖
我可以在湖边坐下来
手里握本书，却翻不开任意一页
看湖上的鸟，天空比天还空
连岸边的花草也懒得绿了

我的画布被雷电涂鸦
一场狂风暴雨，将脑海上方的
月季长廊打倒

可是五月没惹谁，也没碍着谁

明月湖，何以忧心忡忡

何以拒绝，我对你的爱宠

谁家的狗打我跟前经过

我认为也不过是人生的过客

它竟然回过头

直勾勾地望了我很久

才汪汪地撒腿而去

那一望，一汪，让我明白

原来五月，我心中有一条狗

在毕桥死去，会在明月复活

村庄纪

在明月村，帝王离我很近

诗歌离我渐远

我从梦里回到村庄上空

以王者之风

操盘乡村，操盘振兴路上的工程

村民的承包地被打破时空界限

土地面积不仅仅是数据，而是股份

农民不再是农民，而是股民

古老的村庄，不再面朝黄土

残破的砖瓦房，穿上民国味的风衣

仿佛是屹立东方上海的翩翩男神

向往蓝天的小洋房

乘电梯升上云端，让天涯变成近邻

土楼不土，洋人的乡音装饰了楼上楼

土楼也土，土到坐怀一台村剧

老村长蹩脚的普通话遇上西班牙女郎的垫江话

话里便有了话

羞得女郎，捧起腹，大笑

梦中的三合湖

在三合湖，我少年的影子还在

你前世的吻痕还在

那棵树还在，树上的伤疤还在

你的姓氏与我的小名还在

那一刻，天地人三度交锋

又三次光明正大地交合

那一秒，你选的吉日，我择的良辰

你独阴不生

我独阳不生

我们独天不生

万物已生，正值三气而合

如今的三合湖，已不是我的少年模样

我笃定，我的孤独也是你的寂寞

我在湖边看你

你在湖里看我

天地人再度交锋，又再度交合

东印山，我想看看你

没想到，这一纸调令会让我脸红
东印茶不是我一个人的女子
东印茶山也不能比喻为我向往的女子

红尘的恨不要带来
俗世的爱不要带来
不惊扰风花，不惊扰雪月

我要穿上干净的衣裳
让刀枪入库，马放南山
一个人，奔赴前世的约会

我要捡拾热闹的人影
像采摘禾雀花一样，扎成
一束束的诗歌
我愿意像你的子民

弯下腰去，下跪时像懂事的孩子
不带一丁点杂质

明月山，我向往的女子和家园

我的鼾声远近闻名，据说鼻咽的杂质过多
肺也有一些问题
今晚很晚，我吵醒梦，梦吵醒我
我要幸福，诗歌就这样
该来的时候来，像王爷驾临

我的词汇，取自明月山
想，首先是精心选择的词语
那年唐朝在意象里打瞌睡
东印古寺就取自山顶，仿佛要观看
盛世的子民
一个个怎么匍匐着讨要幸福的

现在，我有的是吃穿住行的幸福
缺的是还未开采的盐
胃正在萎缩，演绎野生罗汉果的传说
我需要穿行森林，在山垭口安家，落户
祈求母神赐我一女子，让我宁愿
像樟木头，主妇一样拾柴，烧火，煮饭
带孩子。我向往的这个女子

她会一直地美，白色的裙裾一直飘到垫江

这是我向往的家园。我向往的这个女子
喜欢月季花在头上绽放
山是那么神奇，让很多颜色的鸟
与我的女子对话
人说的是故乡的方言，鸟说的是异乡的土话
她们旁若无人，她们不知道诗人失去鼾声
不知道一首新诗诞生的时候，我还抓住了
一大把鸟鸣

大昌的郁金香

到了大昌，我认为我是春天的
远房亲戚
久等不来，你就胆怯地谢了大半坡的红
剩下的孤独
让我想念的香气没那么撩人
也许你躲在了巫山的身后
欲说还休

我是汲水而来的
我想的美是伸长脖子怒放着的
正如你生气的样儿，一坡一坡的
把巫山都红遍了
红得我必须恭敬地弯下腰身
一再地磕头，作揖

我是汲水而去的
临别巫山，我不是口吃
也不是春天的哑巴
我要对你说说我的赞美
说说你原生态的体姿和神秘
说好来年，我要陪你一起美下去

说说箩筻湾的美

说说箩筻湾的美，美在她的小
不是身材的小巧玲珑
不是长成的姑娘，要小鸟依人

也许只有我看懂了
她的美只能藏进一个人

他们看到的都不是最美的
当我小心翼翼地穿过去
——我比她还小，
小得我也美了一些

秋天的明月山

今天晴朗，我把上午的阳光拉长
钻进上帝的商场，这明月山的精华
叽叽喳喳的麻雀，指挥上树的蚂蚁
已准备了一大桌
山餐野味，向客人招呼

你看，这一片松，绿色的风衣
纽扣一样的野果
——买一送一，有口福
我无法选择，也不能选择
有微微的秋风，哼山歌

枫叶红了，可做妻子的披肩
我对藤蔓傻笑，这样的腰带
根本拴不住大山
挺起的将军肚
有农家的炊烟，带来山鸡与红杏
一起出墙的笑话
我的脚步像一串钥匙
插进山腰上茂盛的一把锁

这秋天的内心

那些枯草，长丝袜一样遮住

大山腿上的污垢

这里，只有美，在吆喝

母安小镇高粱香

在母安小镇，那个当垆卖酒的店小二
是我在大清江山里隐匿下来的前世
我沉醉于毕桥香酿酽如油，对三五呼朋买小舟
的盐商们只能仰视
一心用李白的酒桶量酒，量到酣畅处
月光的碎银子哗哗地响

母安小镇高粱香。我愿意是毕桥村里的龙门阵
村民们都是我的知音，击酒为琴，觥筹交错
我听见千杯不醉的高山流水声
就想吟诗，好诗句都到了肚子里
出不来，憋着也难受，我便现了今生的原形
其实我不过是乔装打扮到村里的酒客

我如果在垆前遇到他，必当邀他饮酒
饮到风生水起
醉到绿波人不觉，老渔唤醒月斜钩
饮到倦鸟归巢，武安河两岸猿声共舞
饮到腾云驾雾之时
必当讨教酒香的秘诀、文字的武功，演习

一个酒鬼的滑翔术

把毕桥酿的好酒，载到家乡的每一个角落

酒冠毕桥村

结一帮义士，骑马当歌，仗剑天涯

酒旗翻飞，毕桥村处处有酒香

一盘花生、一盆牛肉，抵不上一坛

刚出窖的好酒

酒大碗喝，肉大块吃，吟诗摇头晃脑

酒里的江山瘦成了剪影

江山屹立的美女越来越小

美女簇拥的皇帝越来越小

那些摇摇欲坠的叶子上

行走的宫女越来越小

比拼的拳令，雷声大，雨点也小

最后都输给了巴人国，输给毕桥村

我要久久驻扎的家乡

好酒慢慢品

当我老了，我只想带你

到毕桥村箩篼湾住下来

白天房前栽花，屋后种菜

晚上借烛读书，邀月弹琴

渴了，只须一茶、一粥

饿了，但须一菜、一饭

累了，把酒不思闲事，只做梦

听一听风吹杨柳，雨打芭蕉

想一想酒杯是首饰，懒洋洋的阳光

是嫁妆

好酒，正是大地懵懂的胎盘

只须慢慢品、慢慢嚼

嚼到时光一寸寸地软下来

让我们的地慢慢老

天慢慢荒

蝉

大树不是我遮阴的伞

秋风不是我歇斯底里的呼喊

我低头

是因为我以饮露苟活于世

我高高在上

是因为我以鸣叫证明我还未死去

我不厌其烦地重复一个声调

并非是让它流传

而是让它流逝

直到我磕磕绊绊的身体

变成壳

秋风辞

你踮起脚尖在高粱上行走
你大步流星
走着，走着，高粱就熟了

你像果实走向天空
鸟鸣洗亮的早晨，天空
更空，空得星星眨眼
向日葵点头

你轻松地掠过那棵不老松
去年的童子已不知所终
松下的影子被光阴这只虫
啃得七零八落

你穷尽一生，把自己走到辽阔
但还是找不到从前的花朵
你站立的地方
果实那么近，落日那么远

桂溪河

（一）

你这明月山喂养的女子

那么明亮，那么清澈

从古老的容溪出发

走过西魏、大唐、民国

走过小区、医院、幼儿园

走过企业、污水处理厂

没有人知道你经历了什么

只是你满脸的沧桑

告诉我

人生是浑浊的河

挣扎后，要起得来

洗得干净

（二）

秋风累了，桂子的女人

怕黑

天黑她就回家

湿漉漉的救生衣上

还带有鱼腥草的味道

刚一进门，她的嗓子

像划过水的桨声，那沙哑

像船进了水

她对桂子的语气

像刚完成一吨清漂任务那样轻松

"来碗老白干，要辣的"

酒后的女人，喉咙也清爽了

老两口的笑声

飘满了小屋

那笑声，像桂溪河一样清澈

她依偎在桂子的怀里

模仿河长的腔调，吩咐

明天是儿子十八岁的生日

记得烧香

她还说来年生个小女子

名字就叫桂溪河

（三）

牡丹湖是你的眼

清澈，明亮

鱼儿活得很健康

我们在你的上游

谈恋爱

垫江这座县城长势好

茁壮，茂盛

你在中游穿城而过

在城里

有人流汗，有管沟漏油

我想搂起你的腰身

洗洗，再放回去

好让你

干净些，再干净些

你把下游隐向了农村

洪水退后

柳枝上的垃圾迎风飘扬

那些白

像坟头上挂的清明吊

白得行人

欲断魂

明月山

今夜，明月山一动不动
我一动不动
远眺天外明月
那是我驼背的老母亲
倚住门框，望向对面那道
若隐的山梁。等那若现的我
归家

今夜明月山食月色
今夜的声响如母亲的念叨
月光泄露了机密
跌入草丛之后，又无影无踪
这是母亲的思念
突然从垫江
向百十公里延绵，就无期了
此时，明月山无月
我心中有月
像我母亲一生的病痛
在反复

今夜，母亲的村庄，鸡鸣狗叫

仿佛人间最朴素的念经声

在对面的那道山梁。回响

中秋夜

天空，这只贮满秋意的酒坛子
被嫦娥打翻

故乡是一只蠕动的胃
我邀请父亲喝酒
窗外有一头老牛，在不远处
注视着我们

今夜，人间就注定湿漉漉的了
有人喊出父亲的乳名
很快，我们烂醉如泥

牡丹祭

她头上的标签，并非出自宫廷
但出名之前
仍是野花一朵

她脸上的笑容，还有野性
一瓣瓣落下来
像打碎的梳妆盒
红的紫的白的黑的……灵魂

漫山都是——

毕桥村

你是有面子的，乡村最美
四年了，我苦苦寻你
许我春风十里
我问神啊，会不会有一朵祥云
为你所赐

你的骨血，藏在你的里子里
仿佛很深
深到不可感知，不可触及
我怀疑自己进入了中年的梅雨季

我蜷缩在虚拟的民宿里
看那条路趴在你的门前
一动不动
我端起的茶杯，也停在了空中

你的老宅呢，断壁呢，学堂呢
为你默默守护的乡公所呢
甚至，让你牵肠挂肚的一株荒草呢
草，没说再见，就去了天涯

我唤神啊，一首诗就翻越了

你的白墙灰瓦

你端坐在檐边

不说话

万能的神啊，请赐予我在梦里

捡一筹乡愁

为你来一场风吹鸟鸣

许我在你的村口，安置

辽远之心

七夕之约

在母安小镇，开始是一只喜鹊

主持会议

很多喜鹊和人群在聆听

然后是代表发言

接着是呼叫仪式

先是喜鹊们叫起同一个名字

接下来人群纷纷响应

当我仰望天空

也大喊一声"DaiLi"

你穿过人丛

红着脸问："你叫谁呢？"

我在垫江爱你

我们的初吻，像预订的客栈

在桂溪河的旁边，只有短暂的住宿

垫江的日子柔软，软得像你的裙裾

江河在两个身体里奔流

爱是交了房租后，留下的美好

你的心里，容不下打马而去的过客

爱在箩筬湾安顿下来

不惑之年，我变卖身体和家产

只为买一辆马车

去毕桥看你

年近半百，我又散尽积蓄万贯

只为买下左邻右舍的口碑

将我们奔波一生的爱，在箩筬湾

安顿下来

寒冬下的毕桥簌簌发抖

我承认，昨夜滑到了深夜
我失眠于寒冬下的毕桥
簌簌发抖
在我的画笔下，我开始怀疑
她的桥磴撑不起
一个村的重量
桥梁像我的骨节，偶尔
打几下冷战
我的亲人，以及打马而来的过客
不敢在桥面上停留
不敢看风景，也不敢看我
幸好桥东侧的那一片冬水田
本是我漏掉的那一笔
我发现，竟无意中成为
最好的留白
十四只黄鸭有意摆成人字阵
这一笔，好像是我添上的
我仿佛，远远地看黄鸭
黄鸭都扬起头看我
看着，看着，毕桥的画面

就开始模糊了

而我的下一张大写意

清晰地告诉我，她有主题

叫乡愁

我进去了，就有鼾声

在乡村里和你聊诗

不聊晚清，晚清只剩

中药材二两

治不了当代诗人的病

我枕着诗歌，找到

不同寻常的词

回到民国的乡村里

从聊春天之诗，直到聊

绝世美女

她，在乡村里沐浴

又在乡村里梳妆

不着一抹春色

却比花香陶醉

比蜂蜜可口，比山水牡丹的

姐妹多姿

我告诉你

我的诗歌比春天还美

她站在白杨村医务室门口

羽扇纶巾

说诗人，你们病得不轻

只有你，一根筋似的董时进

看你摇头晃脑的样子

估计怀里

也抱住了一个村

在毕桥荷塘，我被荷花团团围住

在毕桥荷塘，我被荷花团团围住

时间慢下来

阳光有些毒，像虫子伸出无影的脚

挠一脸的汗

仿佛要挠出表皮下面的羞耻

我赶紧双手合十

敲木鱼，口中念念有词

让一只鸟从心中飞出去

飞翔的样子，像一朵荷花

徐徐开放

在大片大片的荷花里

我困在水中央

想走出今生，却走不出来世

只好学着青蛙的样子

跪拜下去

隐于荷香，直到成为其中的一朵荷花

垫江的雨

这里的春天一定是很特别的
你看不见，把冬天
开败的那一朵梅花
正一家一户地走亲戚
每个人心窝子里都暖暖地香
锄禾的美女伸了个懒腰
就泄露了机密
你看她腰带上抖落的
一方绢帕，这时候挂在天上
是不是美女
正千针万线地，为你织锦

一个人的垫江——致梅时雨

他的名字跟垫江一样

识得水性

一身湿漉漉的，就能够驾驭

城市的内心

明月开始谋划明亮的日子

牡丹花开花谢

掌握建筑的色彩，不需要

太平公主的病

桂溪，应换上干净的衣服

子民才会天天赶场

他们发短信，聊天，座谈

不说起美，却在感恩

但没有谁知道

他把自己交给了垫江

白天、黑夜，他的身体竖着无数的

靶子，很多人把弓拉得满满的

箭镞齐发，他左抵右挡

毫无倦意，看不出透支的样子

他之所以热爱垫江

是因为热爱，从身体开始

我在茂盛的地方等你

我知道，你把垫江栽成一株株牡丹

丹皮是治疗乡村的好药

你从一株牡丹开始

从一朵硕大的花苞，浇灌心性

开出的花，才有品质

当我老了，我会和我一起老去的人

在一坡坡茂盛的牡丹树里等你

我们一起锄草，施肥

一起看来年的花开花谢

我说哥，这是牡丹的药香，我们喝

翻旧账

那一年，一个女孩从饥饿的人群里走过来
喝光了男孩手中的半罐清明菜汤

母亲念叨说，就为这
我中了你爸一辈子的圈套

追

顺着风吹去的方向，父亲拉着我追过很多行人

一直往前追

在广场的深处，我看见那些花草就是春天

一些鸟雀越谈越投机

我惊奇的是，父亲竟捡回一张纸

哪个英雄不救美

在街道中央，路过的父亲对那昏迷的女人嘴对嘴
不停地吹气。看热闹的人很快围过来，叽叽喳喳的
仿佛都戴上了有色眼镜
有个小女孩说，这老伯，英雄救美
女孩她爸接过话，说：不，他在救这座城！

高楼

这些年，垫江的楼房越来越高
父亲却越来越矮
当过砖瓦匠的父亲，从工棚住进了三室一厅
现在也出入在高楼之间。他乘电梯从 21 楼下来
说这楼跟我一样，出身也是农民

父亲的梦

别看钢筋、混凝土，这些坚硬的物质
也是父亲生长梦的地方
那一夜，他用推土机推土，用脚手架架楼
很快就站在高楼的高处。他伸出双手
摘下繁星中的一颗

跟父亲睡觉

那一夜，我跟父亲睡觉
竟有些腼腆
先是不敢同枕，我怕像儿时一样
抱住他的脖颈
禁不住亲他的脸

可是在另一头，我怎么也睡不着
我怕臭烘烘的双脚
稍不注意
就蹬坏了父亲的鼻梁骨

我放好枕头，与父亲同头不同枕
中间隔了一道沟
那一夜，我睡得一塌糊涂
乡下来的老亲戚，彻夜不眠

他们说我的鼾声，像开会做报告一样
而我整夜都摸住胸口，始终没让波涛汹涌的水
闷出来

表叔公

表叔公的补鞋摊，像垫江城滑落的一根鞋带
只有表叔公把它捡起来
蜷缩在槐荫巷的一角，拴住
南来北往的脚步声

表叔公把小木凳坐生了根
无数次地钉铁掌，上麻线，粘后跟
缝补脚下的不平和裂痕
穿针引线不需要看别人的眼色
别人在他的眼里都是明亮的灯

熟悉的人都老了，陌生的人也
老得掉了牙
周边的建筑物改名换了姓
只有表叔公像经年的槐荫巷，大清早就响起了
敲鞋底的声音

岳母

那个生养了三个孩子，最终被唯一的儿子
接到县城居住的人
是我的岳母
妻子说，闲不下来的母亲在小区里
当起了清洁工
双手的茧巴，掉了一层又一层

那个撂荒了七亩田土，心疼三千斤苞谷
和三千斤稻谷的人
是我的岳母
舅哥说，母亲要管他三个读书娃儿的
起居生活
头上的黑发，白了一撮又一撮

那个像晾衣竿一样纤细，风都吹得倒的人
是我的岳母
保安说，这天她昏倒在楼梯里
有人煮了碗荷包蛋
她抿了一小口，留给了学前班回来的小孙孙

三舅

远远地，我看到的是一个老人
很老的老人
滑倒在铁索桥垃圾站旁边的老人
被捡来的废品掩埋了大半个身子的老人
他好像知道自己滑倒在地，却不知道
自己怎么就滑倒在地
他呻吟了一下，就不能继续呻吟

旁边有很多人围着他
他仿佛知道有那么多人围着他
一拨人围观后走了，又一拨围观的来了

远远地，我看到的是一些人，骑自行车的人
开小车的人，急匆匆上班的人
穿西装的人，戴帽子的人，挎包的人
忙着赴会的人
闻到垃圾就捂住嘴和鼻子的人

我和母亲赶过去，还看到一些人
想去扶

又被亲人给拉回去的人
他们的亲人没有这么老，他们家的老人
大冷天都不肯出门

滑倒的老人，他的亲人是谁
他的亲人没来
他的亲人可能在来的路上
当我还在胡思乱想的时候
我的母亲已经扶起了他
她火燎燎地说，孩子，快背上
他七岁吃错药，你傻舅

堂哥的味道

那年冬天，当砖瓦匠的堂哥
帮我家翻盖新房
手上的茧巴裂了口
汗渍流下来，我闻到了咸咸的
盐的味道

去年除夕，他从县城的一栋高楼下来
惊喜地给了我十多年没有的
一次拥抱
满身灰蓬蓬的堂哥
让我闻到了钢筋混凝土的味道

他的谈吐是老板的味道，他的服饰
却没有老板的做派
我正惊叹他庄稼人的本色时
女秘书疾驰而至的大奔
带来淡淡的尾气

饭桌上我目瞪口呆。海鲜的味道
眼镜蛇的味道，鲍鱼的味道，红酒的味道

当然还有美女的味道

我怎么吃，也吃不香

仿佛，那是别人偷工减的料

唐豆花

在医院侧边，唐豆花巷子深，门面小
但招牌响，引诱我清贫的童年

唐豆花的老板姓唐，她三十年的豆花
人们都说是一磨磨推的，卤水点的
一直以来，我就迷恋这豆花的白
有清晨月光的白，也隐约有夜色的黑

她的豆花又仿佛是药，利肠胃，可补气，
生津，止渴……专治口臭、厌食

正所谓利人者亏己。前两年，她病倒了，
血管爆裂，一锅的豆花洒落得满地都是

吃过唐豆花的人很多很多
其中的很多人也已死去

死去的人排队吃豆花，黑压压的
一大片，打拥堂

我能想到的是，唐豆花在这些死者面前
烧锅，入浆，煮沸，点浆，神情淡定

她不善言辞。舀豆花，打佐料，收钱
跟往常没什么两样

有这么一个早晨，天空有颗早起的星
照亮这座县城，以及每个进出豆花店的人

兄弟，今夜你在山垭口

兄弟，今夜你在山垭口

夜色，被野猪、山鸡和饿狼笼罩

兄弟，今夜你注定和冷风搏斗

从山垭口吹来的风

将一盏瘦弱的路灯扑倒

一堆篝火，可以在十步之内

向你微笑

兄弟，今夜你一脚踏四川，一脚踏重庆

你是怕，脚下的地雷

把你惦记的重镇炸响

所以你透过那么大的山雾，就为盯紧

一朵冠状的小花

你怕被人偷渡

哪怕移栽到沙坪一朵，那就是五万三千个可怕

让可爱的垫江

再翻起九十八万朵骇人的浪花

兄弟，你说这些好比雾里看花

我听到的幽默是那样冰冷，而非可笑

兄弟，今夜没有一辆车从你身边经过

你说这里是明月山

还有开满山坡的杜鹃花，可惜你

闻不到一丝儿馨香

兄弟，山林里有只羊咩咩地叫了一晚上

今夜我不想姐姐，我只想你

想你在山垭口的模样

图书在版编目（CIP）数据

村庄纪 / 吴定飞著. -- 武汉：长江文艺出版社，
2023.12
　ISBN 978-7-5702-3279-6

　Ⅰ．①村… Ⅱ．①吴… Ⅲ．①诗集－中国－当代
Ⅳ．①I227

中国国家版本馆 CIP 数据核字（2023）第 139576 号

村庄纪
CUN ZHUANG JI

责任编辑：胡　璇　　　　　　　　责任校对：毛季慧

封面设计：蒲　旭　　　　　　　　责任印制：邱　莉　　王光兴

长江出版传媒　　长江文艺出版社
出版：

地址：武汉市雄楚大街 268 号　　　　邮编：430070

发行：长江文艺出版社

http://www.cjlap.com

印刷：湖北新华印务有限公司

开本：880 毫米×1230 毫米　　　1/32　　印张：7

版次：2023 年 12 月第 1 版　　　2023 年 12 月第 1 次印刷

行数：3888 行

定价：58.00 元